THE LITTLE ANT

LA HORMIGA CHIQUITA

By Michael Rose Ramirez Based On A Mexican Folktale

Illustrations By Linda Dalal Sawaya

RIZZOLI
NEW YORK

One day a little ant went for a walk in
town. There was a lot of snow on the ground,
and suddenly the little ant fell and broke her leg.

❄

Un día, una hormiga chiquita fue a dar un paseo en
el pueblo. Había mucha nieve en la tierra, y de repente
la hormiga chiquita se cayó y se rompió una pierna.

2

3

Pues, la hormiga chiquita se sintió
muy mal así fue a ver al juez.
   "Quiero que Ud. castigue la nieve por
romperme la pierna," le dijo al Señor Juez.

4

SEÑOR JUEZ

Well, the little ant was very upset,
and she went to see the judge.
"I want you to punish the snow for
breaking my leg," she told him.

5

Así, el juez llamó a la nieve y le dijo, "Tú crees
que eres muy poderosa, pero tienes que ser castigada
por romperle la pierna a esta hormiga."

"Oh no, Señor, el sol es más poderoso que yo
porque me derrite," dijo la nieve.

6

So the judge sent for the snow and said,
"You think you are very mighty, but you must
be punished for breaking this ant's leg."
"Oh no, sir, the sun is mightier than me
because he melts me," said the snow.

7

8

So the judge sent for the sun. "You think you are very mighty, but you must be punished for breaking the ant's leg." "Oh no, sir, the cloud is mightier than me because she hides me," pleaded the sun.

❈

Así el juez llamó al sol. "Tú crees que eres muy poderoso, pero tienes que ser castigado por romperle la pierna a la hormiga." "Oh no, Señor, la nube es más poderosa que yo porque me esconde," suplicó el sol.

So the judge sent for the cloud, but the cloud cried, "Oh no, sir, the wind is mightier than me because he pushes me."

❇

Así el juez llamó a la nube, pero la nube lloró, "Oh no, Señor, el viento es más poderoso que yo porque me empuja."

So the judge sent for the wind, but the wind said,
"Oh no, sir, the wall is mightier than me because he
stops me."

❋

Así el juez llamó al viento, pero el viento le dijo,
"Oh no, Señor, la pared es más poderosa que yo
porque me detiene."

12

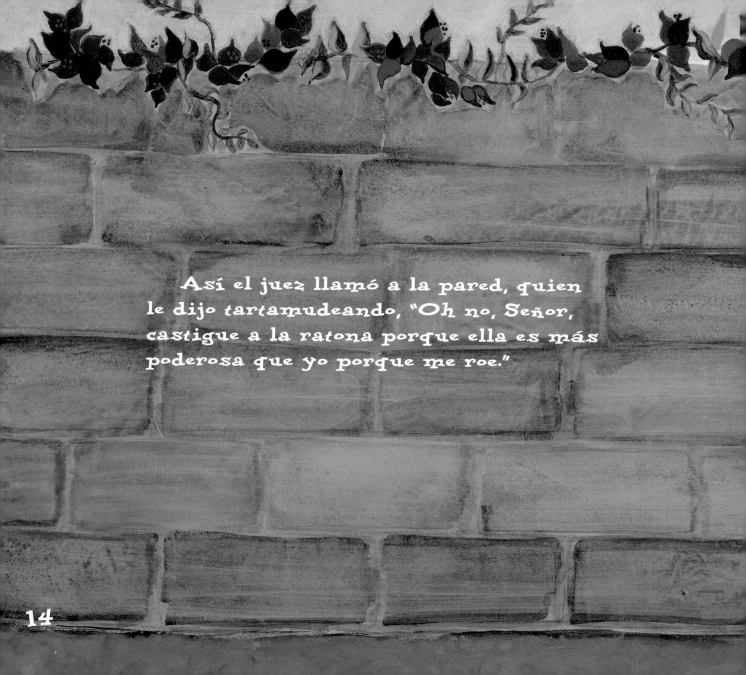

Así el juez llamó a la pared, quien le dijo tartamudeando, "Oh no, Señor, castigue a la ratona porque ella es más poderosa que yo porque me roe."

So the judge sent for the wall, who stammered, "Oh no, sir, punish the mouse, the mouse is mightier than me because she gnaws through me."

15

16

So the judge sent for the mouse, but in her little meek voice she said, "Oh no, sir, the cat is mightier than me because he chases me."

※

Así el juez llamó a la ratona, pero en su pequeña humilde voz le dijo, "Oh no, Señor, el gato es más poderoso que yo porque me caza."

Así el juez llamó al gato. "Oh no, Señor," le rogó el gato, "el hilo es más poderoso que yo porque me enreda."

So the judge sent for the cat. "Oh no, sir," begged the cat, "the yarn is mightier than me because he tangles me."

20

So the judge sent for the yarn, but the yarn cried, "Oh no, sir, the scissor is mightier than me because she cuts me. It is the scissor who should be punished."

❋

Así el juez llamó al hilo, pero el hilo lloró, "Oh no, Señor, las tijeras son más poderosas que yo porque me cortan. Las tijeras deben ser castigadas."

Así el juez llamó a las tijeras y les dijo, "Uds. creen que son muy poderosas pero tienen que ser castigadas por romper una pierna."

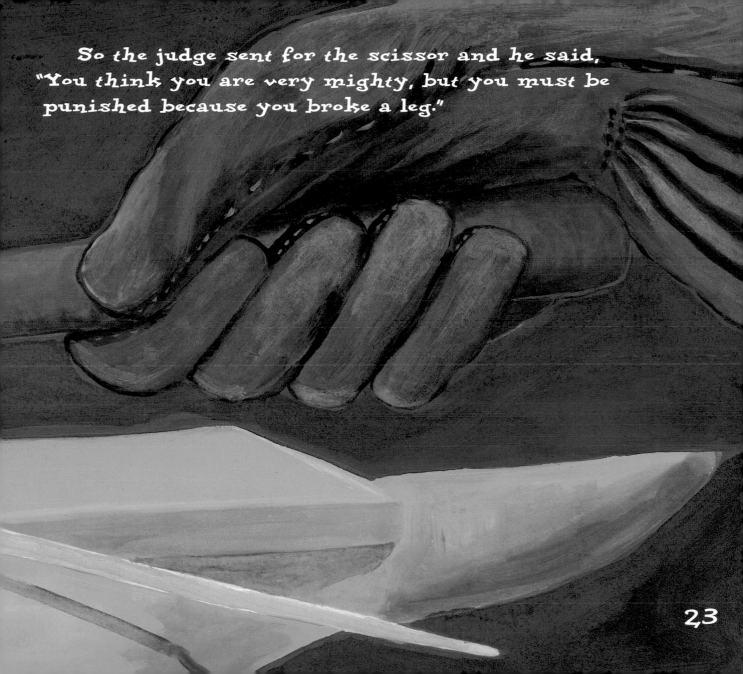

So the judge sent for the scissor and he said,
"You think you are very mighty, but you must be
punished because you broke a leg."

23

"Oh no, Señor, el herrero es más poderoso que yo porque me forjó," dijeron las tijeras.

24

"Oh no, sir, the black-smith is mightier than me because he forged me," said *the* scissors.

25

Así, el juez dijo, "Ven acá, herrero.
Tú crees que eres muy poderoso porque
tú forjas las tijeras
que corta el hilo
que enreda al gato
que caza a la ratona
que roe la pared
que detiene el viento
que empuja la nube
que esconde el sol
que derrite la nieve
que le rompió la pierna a esta hormiga."

26

So the judge said to the blacksmith, "You think you are very mighty because you forge the scissors that cuts the yarn that tangles the cat that chases the mouse that gnaws the wall that stops the wind that pushes the cloud that hides the sun that melts the snow that broke this ant's leg."

27

"What do you say, blacksmith?" asked the judge. "Well, God is mightier, because he made me," said the blacksmith. When the judge heard this, he was satisfied. He said to the ant, "It's true, my little ant, God makes all things, so we must always try to make the best of living with what is around us."

"¿Qué dice, herrero?" preguntó el juez. "Pues, Dios es más poderoso que yo porque me hizo," le dijo el herrero. Cuando el juez lo oyó quedó satisfecho. Le dijo a la hormiga, "Es verdad, mi hormiga chiquita, Dios hace todas las cosas, entonces, tenemos que tratar de hacer lo mejor que se pueda con lo que Dios nos ha dado."

28

29

Y con eso, la hormiga chiquita se fue a su casa, hizo
una taza de té de canela y se sentó en el sofá. Ella puso
la pierna sobre unas almohadas, abrió su libro y miró
como las lindas y blancas plumas de nieve caían del cielo.

And with that, the little ant went home, fixed herself a nice hot cup of cinnamon tea and plopped onto her cushy sofa. She propped up her leg on some soft pillows, opened her book, and watched as beautiful white snowflakes fell from the sky.

DEDICATION
For my parents, Rafael and Nora,
for Morgan L. Hamilton,
my inspiration,
and for MVR and *the lettuce garden*
—M.R.R.
Para Maria Cobián de Guadalajara—L.D.S.

First published in the United States of America in 1995
by Rizzoli International Publications, Inc.
300 Park Avenue South, New York, New York 10010

Library of Congress Cataloging-in-Publications Data
Ramirez, Michael Rose.
    The Little Ant *La Hormiga Chiquita*/ by Michael Rose Ramirez;
illustrations by Linda Dalal Sawaya.
        p.   cm.
    Summary: A little ant seeks restitution from the humans, animals,
and natural events that it holds responsible for its broken leg.
    ISBN 0-8478-1922-1
    [1. Ants—Fiction. 2. Spanish language materials—Bilingual.]
I. Sawaya, Linda Dalal, ill. II. Title.
PZ73.R2585 1995   95-10282
                                                          CIP
                                                           AC

Designed by Lisa Mangano
Printed and bound in Singapore